고향의 봄 1

고향의 봄 1

발행일 2017년 3월 6일

지은이 박 효 빈
펴낸이 손 형 국
펴낸곳 (주)북랩
편집인 선일영 편집 이종무, 권유선, 송재병, 최예은
디자인 이현수, 이정아, 김민하, 한수희 제작 박기성, 황동현, 구성우
마케팅 김회란, 박진관
출판등록 2004. 12. 1(제2012-000051호)
주소 서울시 금천구 가산디지털 1로 168, 우림라이온스밸리 B동 B113, 114호
홈페이지 www.book.co.kr
전화번호 (02)2026-5777 팩스 (02)2026-5747

ISBN 979-11-5987-455-0 04810 (종이책) 979-11-5987-456-7 05810 (전자책)
979-11-5987-459-8 04810 (세트)

이 도서의 국립중앙도서관 출판예정도서목록(CIP)은 서지정보유통지원시스템 홈페이지(http://seoji.nl.go.kr)와 국가자료공동목록시스템(http://www.nl.go.kr/kolisnet)에서 이용하실 수 있습니다.
(CIP제어번호: CIP2017005622)

(주)북랩 성공출판의 파트너
북랩 홈페이지와 패밀리 사이트에서 다양한 출판 솔루션을 만나 보세요!
홈페이지 book.co.kr 1인출판 플랫폼 해피소드 happisode.com
블로그 blog.naver.com/essaybook 원고모집 book@book.co.kr

고향의 봄 1

박효빈 시집

북랩 book Lab

가훈

정직

성실

사랑

소년은 다시 오지 아니하니 시간을 아껴라.

귀한 선물

이 세상 올 때
맨 처음
아빠가 주신 귀한 선물
내 이름 석자

"박효빈,,
이 세상 나하고
가는 날 까지
쓰고 쓰고 닳쳐도
닳치도 변하지도 않는
귀중한 선물이다.

고향의 봄은 내 마음 실은

고향의 노래

나 어린 시절 노래한

유년 시절의 자화상이다.

영화의 필름처럼

지난날들은 일장춘몽으로

보이지도 잡히지도 않는

세월이란 그 이름 앞에

한 폭의 그림으로 남아

내 사랑하는 형제 자녀들에게

추억의 그림으로

남기고 싶은 것이다.

2017년 3월

박 호 빈

목차

고향의 봄

살구꽃 복사꽃 피는 내 고향

실개천 둑 오리나무 파아란 잎 사이에

노오란 꾀꼬리 날아들고

꾀꼴 꾀꼴 꾀꼬르르르

꾀꼬리 노래 실어

오리나뭇잎에 또르르르 말아

봄 편지 떨구면

편지 실은 도랑들은 우체부 되어

도란 도란 속삭임에 노래하며 흐르고

엄마 소 논갈이 바쁘고

찔레꽃 향기 퍼지는 논두렁에

엄마 소 따라 뛰어다니는 송아지

음메 음메 음메…

봄날은 간다

소꿉 장난

눈 녹은 양지 쪽

개나리 피는 언덕에

소꿉동무 옹기종기 모여 앉아

새살림 꾸미고

나비 손님 불러모아

봄 잔치 베푸네

도토리 딱지 한 잔 술에 취하여

아지랑이 속의 봄노래

메아리 되어 울리네

대보름 달맞이

새 나이 한 살 더 먹었다고

기뻐 뛰는 아이

할아버지 다북쑥 비어다

여섯 살 나이띠 묶어

횃불놀이 만들어 주시고

뒷동산 너러바위에

동네 아이들 모두 모여

둥근 달 떠오르면

불꽃놀이 한창이다

지난 나이띠는 다 태우고

새 나이 먹은 기쁨 안고 돌아오면

나물밥 아홉 그릇 먹는 날이라고

동네가 떠들 법석

이렇게 풍성한 대보름이

몇몇 해 지나고 난 뒤

아이는 훌쩍 커버렸다

겨울 방학

손꼽아 기다리던 겨울 방학

눈 녹고 얼음 얼고

집 앞 논은

좋은 얼음판이 되었다

썰매 타고

팽이 돌리고

신나게 한참 놀다 보면

두 손이 꽁꽁

화롯불에 손 녹이고

방학 책 한 번 하고

또 썰매 타고 팽이 돌리고…

얼음판은 참 좋은 놀이터였다

그런데 웬일일까?

지금은 눈도 없고

얼음도 없고

아이들도 없고…

봄나물

동무들 모아 바구니 들고

뒷동산 나물 캐러 오른다

진달래꽃 따라

아이는 뛰고

나비는 날고

나물 바구니엔 어느새

노오란 방울꽃

연분홍 진달래꽃이

한 바구니

산책

아빠 손잡고 뒷동산 산책을 간다

가다가 도토리나무 밑에

토끼 똥이 소복소복

작은 막대 하나 들고

토끼 찾으러

이리 조리 뛰다 보면

어느새 산마루 끝에 오른다

새끼손가락 걸어

내일을 약속하고

내려오는 길

무슨 얘기 했을까요?

알아맞혀 보세요

별을 헤는 밤 (1)

서늘한 바람이 스치고 지날 때
무심코 처다본 높은 하늘
수없이 많은 별들이 너무도 많았다
그중에 제일 반짝이는 별 하나
달과 함께 사이좋게 가는 별 하나
그중에 별을 헤는
아이 하나
나 하나

별을 헤는 밤 (2)

밤하늘 쳐다보며

수많은 별들에 이름 붙여

이 세상 모든 것들과 짝지어 헤어 보다

아련한 꿈속에 빠져든다

내일도 또 내일도 쳐다보면

밤하늘엔 많은 별들이 있고

이야기가 있고

꿈이 있고

노래가 있고

사랑이 있다

독깨비 이야기

보리 내음 흠뻑

훈훈한 여름밤

사랑 마루에 동네 아이들이 모였다

무서운 독깨비 이야기가 한창

처마에는 주루룩 주루룩 비소리

어둠은 깊어가고

우루루 쾅… 쾅!

하늘이 무너질 듯한 천둥소리

키 큰 독깨비, 뿔난 독깨비 같은

번갯불 번쩍번쩍

독깨비야!

독깨비불!

아이들은 무서워라

손에 손잡고

땀이 흠뻑

탄생

아가야!
세상에 보내주신
하나님께 감사해라
이 세상에 가장 좋은
신선한 공기
맑은 물
밝은 빛을 주신
하나님께 감사해라
아가야!
너는 좋은 것만 보고
좋은 소리만 듣고
바르게 건강하게
감사하며
기뻐하며
모든 것을 사랑하라

겨울밤

화롯가에 옹기종기
모여 앉아서
옛이야기 돌림으로
밤이 깊어가고
창밖엔
흰 눈이 소리 없이
쌓이네

들국화 한 다발

산모롱이 언덕길은

나 어릴 적 학교 다니던 길

할머니 마중 나와 기다리던 곳

할머니 허리춤에

꼭꼭 숨겨진 알밤 세 톨

내 손에 꼭 쥐여 주면

친구 하나 나 하나

나누어 먹던 그 언덕길에

들국화 한 다발 피었습니다

성황당

누구가 그렇게 만들었을까?

길가에 가시나무

빨강 파랑끈 동여매고

돌멩이 쌓아

성황당이라 불리웠다

떡 시루도 쌀도 돈도 놓고 비는 곳이다

학교에 가고 올 때마다

귀신나무 무서워

있는 힘 다해 달리곤 했었지

이제는 길이 넓혀지고

그것은 다 없어져

아이들이 편히 다닐 수 있어

참 좋다

아빠 찾아 십만 리

보고 싶은 건

마음인가

그리움인가

아빠 가신 그 옛길

찬송하며 가신 길

기도하며 가신 길

아빠 찾아 십만 리

오늘도

내일도

찬송하며 갑니다

기도하며 갑니다

아빠 가신 그 옛길

여름밤 (1)

옥수수 한 바구니 쪄 놓고
마당에 멍석 깔고
동래 사람들 모여 앉아
전설의 고향 이야기
모깃불 연기 피어오르면
하늘나라 애기별들
졸리워 깜박깜박
풀숲엔 반딧불 불 밝히고
이름 모를 풀벌레들
노래자랑 한창

여름밤 (2)

훈훈한 여름밤

어둠이 내리면

여기저기서 반딧불

파란 불빛

쭉욱- 쭉욱-

조명 비추고

개구리 합창단

목청 돋구어

개골 개골 개골골골

풀숲엔 베짱이, 오줌싸개

이름 모를 풀벌레들

모두 한 곡씩 부르다 보면

여름밤은 깊어만 간다

옹달샘

뒷마당 옹달샘에 발 담그고
가만히 들여다보면
달이 있고 별이 있고
나도 있고
조롱박 띄워 가만히 떠 보면
물만 한 바가지

독서

작은 불빛으로 어둠을 밝혀주는
등잔불은 나의 좋은 친구다
보물섬 같은 책 또한
나의 귀한 친구다
책 속에 훌륭한 많은 분들
무한한 이야기들을 만난다
깊은 물 속 보물을 찾은 듯
도취되어 버릴 때면
엄마의 꾸중도 들어야 했다
짓궂은 새벽닭이
꼬끼요-
꼬끼요-
어둠을 깨워 버린다

세월

나 늙어 노인 되었고
나 젊었을 적 소년이었네
나 이 자리 이대로 있었건만
나 젊음은 추억일 뿐
지난 일들 모두가 일장춘몽이라
보이지도 잡히지도 않는 것이
그대 이름은 세월이라

식목일

봄이 오면

봄날이 오면

식목일 기다려

가신 님 무덤 앞에

철쭉꽃 심어

그대 사랑한 마음

고운 꽃 피워 바치리

난 꽃

난 꽃이 보고픈 마음
조용조용 다가가
물 주고 매만지다 보니
꽃대가 소복이 올라왔다
지난밤 보슬비 지나고 난 뒤
난 꽃이 함박
눈부시게도 피었네

굴뚝새

낙엽 진 대추나무 가지에
굴뚝새 한 마리 찾아와
비비비 무어라고 전해 준 이야기
아마도 추워진다는
소식인가보다
간밤에 바람불고
싸락눈이 나리었다

별들의 이야기

저 하늘 별들은

무슨 비밀 얘기 그리도 많아

밤마다 소곤소곤

누가 들을세라

날 밝으면 숨어 버리네

나의 기도

감사합니다

감사합니다

이 부족한 나에게도

좋은 것으로 늘 채워주시고

건강 기쁨 주시니

무한 감사합니다

이 세상 다하는 날까지

건강과 지혜와 능력으로

늘 함께하시고

감사하며

기뻐하며

찬송하며

그 나라 이르기까지

손잡고 가소서

아멘-

보물찾기

하나님은 누구에게나
똑같은 시간을 주셨으니
열심히 사는 자만이
보물을 찾는 것이다

낙엽을 밟으며

쪽빛 하늘 가슴에 안고
낙엽을 밟기보다는
낙엽 물결에 빠져 버린다
한여름 푸르름으로
시원함을 선사하더니
가을이란 이름 앞에 다가서
생의 아름다움을 장식하는 단풍 되어
온 지상에 뿌리고 가는
고귀한 삶-
우리네 인생은 무엇으로
유익을 남길꼬

콩국수

녹음 짙은 여름날
앞뒷문 활짝 열어놓고
뒤뜰 대추나뭇잎 사이로
쏟아지는 매아미 소리
얼음 띄운 콩국수 맛이
한층 더 시원하다

꿈나무

우리 집 꿈나무들
오늘은 좋은 일이 있는가 보다
아침 일찍부터 서둘러 준비하고
빨리 나와
상 타러 가자
당당한 그 모습
아침 이슬같이 초롱초롱한
눈엔 꿈이 어렸고
메고 가는 책가방 속엔
꿈이 자라고 있다

대추 따는 날

집 사고 담 밑에 심은 대추나무

십여 년 지난 뒤

대추가 주렁주렁

대추 따는 날은 뒷마당이 온통

빨갛게 대추 마당 되고

이웃에 한 바가지씩

퍼 주고도 한 광우리

흥부네 박 따는 날

부자 된 것 같이

우리 집에도 부자 된

기쁨이 가득

네잎 크로바

네잎 크로바 풀밭에
네잎 크로바 네 잎은
누가 먼저 찾을까?
고사리 열 손가락
꽃반지 만들어
손가락에 끼워주던 동무들
지금은 어디서 무얼 할꼬
그 옛날
그 동무들
보고파라
보고파

펜 하나 종이 하나

흰 종이만 보면

마구 써 대는 습관

담배는 팔고

종이는 글씨 쓰고

쓰고 또 쓰고

그런데 아쉬운 건

시간이란 그놈이

짧은 것일까?

빨리 가는 것일까?

첫눈

단풍잎이 떨어지기도 전
바람 타고 날리는 눈
기다리던 손님이라도 만난 듯이
뛰어나가
두 손 벌려 맞으니
수줍은 듯 살짝
물방울이 되어버렸네

종이배

종이배 접어서

소금장이 태워

냇물에 띄우고

냇가의 조약돌 주워 모아

탑도 쌓고

모래성도 쌓고

한참을 놀다

종이배 생각나 찾아보니

어디만큼 흘러갔는지

보이지 않네

메뚜기

가을볕이 따사로운

오후의 한낮

주전자 하나 들고

메뚜기 잡으러 논으로 간다

메뚜기는 후두둑 후두둑 뛰고

볏단 사이사이

한참 뛰어다니다 보니

주전자 속엔 어느새

메뚜기가 가득 채워졌다

가을밤

하늘도 높고

달도 높고

별도 높은 가을밤

담 밑에 귀뚜라미의

청아한 그 노랫소리

듣고 듣고 또 들어도

자꾸 자꾸 듣고파서

창틀 밑까지 다가가

귀 기울여 듣다가

잠이 들곤 했다

그림자

솔거의 벽화보다도

마당의 그림자는

움직이는 그림이다

뛰면 뛰고

앉으면 앉고

나뭇가지 하나 들고

움직이는 대로 흉내 내는

재미있는 그림이다

나비 가족

아빠하고 나하고

만든 꽃밭에

예쁜 꽃들이 함박 피었습니다

어디선가 찾아온

아빠 나비, 엄마 나비, 새끼 나비

나비 가족 세 식구가 찾아왔습니다

놀다가 졸리우면

꽃잎에 앉아 잠자고

내일 또 놀고

내일도 또 놀고-

행복

행복은 먼-

산 너머 있는 것이 아니어요

행복은

사랑 안에 있어요

정직함엔

평화가 있고

성실함엔

부유함이 있어요

아름다운 사랑으로

둥글게 둥글게

시작도 끝도 없는

행복을 만들어요

바위

꽃이 피고 지고

비가 오고 눈이 오고

봄, 여름, 가을, 겨울이 가고 와도

천년 세월 하루같이

산을 지키는 바위여

그대만한 충성이

그 어디엔들 있으리오

목적지 없는 여행

가도 가도 끝없는
목적지도 없는 여행길
그 누가 가잔 것도 아니요
오란 것도 아닌 것을
해 지고
시간 가고
세월 흐르고
똑같이 가는 것임을
끌고 가는 것도 아닌데
인생살이 왜 그리도
바쁘기만 한 것일까

엄마야 누나야

엄마야 누나야 강변 살자
뜰에는 반짝이는 금모래빛
뒷문 밖에는 갈잎의 노래
엄마야 누나야 강변 살자

소월 선생님의 맑은 샘물의 흐름같은 시심 속에 잠겨본다.

까치

아침 일찍 마당을 쓸고 있을 때
까치가 지붕 위에 찾아와
기쁜 소식을 전한다
까치가 울면 반가운 손님이 온다는데
오늘은 아마도
시집간 언니가 오려나 보다
아침부터 기쁜 마음에
기다려진다

옛날 옛날에

화로에 군밤 묻어놓고

할머니 무릎 베고

옛이야기 듣는다

옛날부터 들어온 옛이야기

호랑이 이야기

듣고 또 들어도

똑같은 이야기

군밤같이 구수한 옛이야기

귀한 선물

이 세상에 올 때
맨 처음
아빠가 주신 귀한 선물
내 이름 석 자
'박효빈'
이 세상 다하고
가는 날까지
쓰고 쓰고 또 써도
닳지도 변하지도 않는
귀중한 선물이다

'파랑새' 중에서

한하운

나는
나는
죽어서
파랑새 되리

푸른 하늘
푸른 들
날아다니며

푸른 노래 푸른 울음
울어 예으리

'보리피리' 중에서

한하운

보리피리 불며 인환(人還)의 거리

인간사 그리워

피-ㄹ 닐리리

나병 환자인 한하운 시인의 애절함에 마음이 아프다.

가을 여행

지난가을
책갈피에 간직해온
빨간 단풍잎 하나
내 너를 만나니
어찌 이리 반가운고
이 마음 잠시 눈 감고
가을 여행을
떠나 본다

고추잠자리

한여름 뙤약볕에
빨갛게 익어버린 고추잠자리
떼 지어 날아들고
마당에 널어놓은
빨간 고추 열기에
지붕 위에 앉은 둥근 박은
잘도 여물어 가네

버려야 할 것

내가 가지고 있는 것 중
버려야 할 것을 생각해 본다
나의 습관 중
나쁜 것은 미련 없이
하나씩 버려야 한다
하루에 하나씩이라도
마음의 거울로
찾아내야 한다

봄의 소리

봄이 오면 제일 먼저

봄바람 몰고

강남 제비 찾아들어

분잡하게 봄소식 떠들어 대면

여기저기서

눈 부비고 깨어나는 봄의 소리

물 소리

바람 소리

버들피리 소리

소 모는 소리

해맑은 아이들의 소리

주소 없는 편지

주소도 우표도 없는

편지를 써본다

누구에게 보내야 하나

어디로 보내야 하나

나 혼자 고요한 시간

잔잔한 내 마음에

편지를 써본다

내가 나에게

오늘 하루도

좋은 생각에

좋은 일들을

적어 보는 편지다

산 너머

산 너머 저 멀리

흘러가는 저 구름아

누구 찾아가는 것인지

알 수는 없어도

내 부모 형제 소식도

전해 주렴

오늘도 내일도

기다려 봐도

길 잃었나

돌아오지 않네

비둘기 가족

너희 가족은 몇 식구나 되는고?

열이라도 스물이라도

다정한 사랑으로

한 가족 되어

놀러 올 때도

놀고 갈 때도

떼어 놓지도

떨어지지도 않는

다정한

사랑의 가족

비둘기 가족

생로병사

새벽에 잠에서 깨어보니
이불 속에서도 발이 시렸다
마음은 삼십 대이건만
육십 정년 넘어
덤으로 사는 나이는
어쩔 수 없고나
생로병사의 순리를
누구인들 아니 갈고

고향산천

나 어릴 적 고향 산천
육십 나이 지난 뒤
찾아드니
물소리 바람 소리
산천은 그대로이건만
어릴 적 그때 그 사람들은
간 곳 없고
낯 모를 사람들만이
살고 있네

보름나물

뽀얀 봄에 입김이
퍼오르는 양지 쪽에
파릇이 솟아나는
냉이랑 꽃다지랑
정월 대보름 맞이
나물 캐는
아이들의 조잘대는
이야기도 한 바구니

수선화

그대 이름 수선화여!

어느 날 조용히 꽃대가 올라왔다

수줍어 수줍어 머리 숙이고

많은 생각 끝에

노오란 꽃잎 피워

살포시 미소 지으며

아름다운 기쁨을 주는

그대 이름 수선화여!

찻집

언덕 위에 찻집

오미자차 맛 감미롭고

창밖엔 비단 폭인 듯

푸른 하늘 끝 흰 구름 한 점

푸른 솔잎 사이 푸른 바람 흐르고

금잔디 언덕 위에

한가로이 뛰노는

누렁이

검둥이

박물관

박물관의 크고 작은 항아리들

모여 모여 반짝반짝

얼굴 들고

우리를 구경하는 것인지

우리가 구경을 하는 것인지

닳고 낡은 물건들

흘러간 삶 속에

전설의 고향 같은

말 없는 옛이야기들

모두 모두 소중한

보물들이다

별밤

밤하늘은 별들의 궁전

제일 큰 별은

임금님별

왕자별

공주별

꼬마별들 모여 모여

은하수 물결 이루고

별을 헤는 눈도 깜박깜박

별들도 깜박깜박

모두 모두 깜박깜박

수영 경기

연못가의 버들가지
고운 잎 피워 한들한들
용기 있는 개구리
연못에 뛰어들어
물살을 가르며 수영하면
물방개 뒤질세라
연못 한 바퀴 빙빙 돌고
풀잎 잡고 있는
소금장이도 뱅글뱅글
일등도 꼴등도 없는
상품도 없는 수영 경기
아무런 불만도 없네

단풍잎

파아란 하늘 쳐다보다
따사로운 가을볕에
붉게 붉게 타버린 단풍잎
푸른 하늘 향해
빨간 손 내밀어 흔들다
한 잎 두 잎 떨어지면
함께 가자고
같이 가자고
자꾸자꾸 떨어지네

소라 피리

소라 껍질 피리 만들어 불어보면
바다가 고향인 소라 껍질
파도 소리
갈매기 소리
모두가 정겨운 추억의 노래

뚝배기

된장찌개 보글보글

맛있는 소리

즐거운 소리

옛날부터 전해오는

뚝배기 너만이 간직해온

구수한 맛 보글보글

맛있는 소리

즐거운 소리

개나리

새봄을 깨우는 개나리꽃

한겨울 추위 속에서도

봄을 깨우기 위해

산기슭에

담장에

길 둑에

그 여린 줄기에

노오란 꽃잎을 줄줄이 함박 피워

봄소식을 제일 먼저 전하는 개나리꽃

노오란색 따스한 입김에

진달래꽃, 방울꽃, 냉이꽃

잠에서 깨어나

모두 모두 피어나네

엄마의 일기

한평생 미싱과 함께한 세월

옷매무새 단정히 하고

미싱 앞에 앉아

치마저고리 고운 옷 만들다 보면

어두운 시간 지나고

밝은 아침 다가와

사랑 담은 도시락

기쁨 담은 도시락

책가방에 넣어주고

교통비 손에 쥐어 주며

정직하게 살라고

당당하게 살라고

등 밀어주며

학교에 보내온 나날들-

비밀

푸른 하늘 향해
날마다 날마다 쳐다보다
어느 날 쑥 꽃대가 올라왔다
예쁜 꽃잎이 피는 그 날
향기 담은 미소로
기쁨을 전해 주리

인생

아무도 알 수 없는
누구도 대신해 줄 수 없는
저마다에게 주어진 길
힘들고 어려워도
주어진 십자가 지고 가는 길
앞도 끝도 보이지 않는 길
열심히만 가야 하는 길
이것이 인생길이라

아침 바다

- 감포 해수욕장에서

밤새 깊은 잠에서

채 깨지도 않은 아침 바다

저어 멀-리

하늘과 바다가 맞닿은 수평선

오는 것인지

가는 것인지

유유히 떠 있는 배 한 척

갈매기 몇 마리 날갯짓을 하며

바다의 아침을 깨운다

은하수

보일 듯이 보일 듯이
보이지 않는
반짝반짝 수많은 별들
은하수 물결 이루고
동화 나라 아름다운
이야기보따리 실은 조각달
밤새 어디로 흘러가나

향수

고향 집 지붕 위에
저녁 연기
모락모락 피어오르면
오 리 밖에서도
구수한 누룽지 밥 내음에
한걸음에 달려와지네

고향의 소리

물소리

바람 소리

아이들 소리

뻐꾸기 소리

개구리 소리

풀벌레들 소리

모두가 정겨운

고향의 소리

어느 것 한가진들

아니 그리울꼬

눈

눈이 내립니다
눈이 내립니다
하얀 눈이 내립니다
하얀 눈 받아먹으려고
입 벌리고 뛰어 봅니다
하나도 먹은 것은 없는데
땅에만 하얗게 눈이 내렸습니다

꿩

산비탈 양지 쪽

산 꿩이 놀다가

앞산에 누가 있냐고

꿩 꿩 꿩 불러본다

앞산 메아리

거기서 무얼 먹고 사냐고

꿩 꿩 꿩-

맛있는 산열매 따먹고 산다고

꿩 꿩 꿩-

나도 좀 주라고

꿩 꿩 꿩-

등대

부모와 자녀의 인연으로 만나
영원히 빛나는 등대 되어
험한 세상 어두움의 빛이 되리

기차

빵-

기차 소리

새벽부터 첫 길을 달리는

긴- 차 속에 많은 사람들이 가득

장사하는 사람들

여행하는 사람들

학교 가는 학생들

인생의 고달픈 짐 보따리들

종착역에 내리고

또 싣고 달리고

언제나 똑바른

길로만 달리는 기차

참새

참새가 짹 짹

아침 일찍 일어나 짹 짹

아이들 먹이를 구하러 나왔다고 짹 짹

엄마 아빠 맛있는 것

마련해다 드려야 한다고 짹 짹

종종걸음 바쁘게

찾아다니며 짹 짹

개미

촛불도 전깃불도 없는
움막도 아닌 땅굴 속에서도
무엇이 있길래 잘살고 있니?
허리도 다리도
실오리 같은 몸매에
부지런하긴
너를 따를 이 뉘 있을꼬

길을 찾는 사람

좋은 생각하는 사람
좋은 곳에 가고
나쁜 생각하는 사람
나쁜 곳에 간다

하늘

하늘은 바다빛 푸른 도화지
새들도 구름도 비행기도
예쁜 그림으로 그려졌다가
지나가면 지워버린다
날마다 그렇게
오랜 세월 그렇게
그렸다 지워졌다
끝도 없는 도화지

우리 아가

우리 아가 예쁜 아가
무얼 먹고 크나요
우리 아가 예쁜 아가
엄마 젖을 먹고 크지요

우리 아가 예쁜 아가
무얼 먹고 크나요
우리 아가 예쁜 아가
엄마 아빠 사랑 먹고 크지요

우리 아가 예쁜 아가
무얼 먹고 크나요
우리 아가 예쁜 아가
꿈을 먹고 크지요

짝꿍

너랑 나랑 내 짝꿍
개나리꽃 그늘 아래
소꿉동무 내 짝꿍

너랑 나랑 내 짝꿍
학교 길의 내 짝꿍
하나 둘 셋
손잡고 내 짝꿍

너랑 나랑 내 짝꿍
우산 속에 내 짝꿍
어깨동무하고 내 짝꿍

물

산골짜기 맑은 물
높은 산 많은 나무들이
먹고도 남아
골짜기 흘러 흘러
냇물에 이르고
냇물에 물고기들
또 먹고 먹고 남아
강물에 모여 모여
바다로 흐르네
바닷속엔 무엇이 있길래
밤낮없이 흘러 흘러 모여드는 물
한도 끝도 없이 먹어 주는가

삼팔선

바람도 구름도

가고 오는데

삼팔선 금을 지켜

반세기 오십 년

가고 오지 못했는가

이제는 북한 남한

이름도 바꾸어

웃동래 아랫동래

서로서로 다니며

놀러 오세요

놀다 가세요

손에 손에 손잡고

달구경도 꽃구경도

함께 하세요

봄 편지 (1)

봄이 오면 편지를 쓰겠어요
하얀 봉투에 파란 네잎 크로바
꽃반지 만들어
북한 어린이들에게 보내겠어요

봄이 오면 편지를 쓰겠어요
하얀 봉투에 라일락꽃 향기 가득 담아
북한 어버이들에게 보내겠어요

나비 등에
제비 등에
실어 보내겠어요
기다리세요
오래오래 건강하세요

별똥별

하늘나라 많은 별들이 반짝반짝

이 세상 구경하는 어느 날

물속에 비친 큰 별 하나 보았네

그 큰 별을 자기 별이라

고집하며 내려온 별똥별

웬일일까?

빛을 잃은 작은 조약돌 되어버렸네

바닷물에 밀리고 씻기고

발밑에 밟히고

오랜 세월 그렇게 지나

반들반들

조약돌 되어 버렸네

6·25

일요일

오전 10시

요란한 총성이 하늘을 뒤흔들었다

하늘도 놀라 쏟아지는 빗줄기

빗줄기 속으로 밀려가는 사람들

포성 속에 후퇴해 가는 국군 아저씨들

빗속에 던져준 건빵 한 봉지

지금도 그때 일을 생각하면

눈물 속에 빚어진 국군 아저씨들

모습-

우물

아침이면 뽀얀 입김에

숨결이 피오르고

한낮이면 맑고 맑은 우물엔

많은 것이 담겨있다

지나는 구름이

날아가는 새들이

물 길러 나온 엄마들 모습

목마른 나그네들 모습

천 년을 하루같이

퍼 주고 퍼 주어도

샘이 넘치는 우물

문무왕릉

- 경주 여행에서

천 년의 역사를 말하는 듯
경주의 많은 유적지들
그 중에도
신라 삼국을 통일한 문무왕릉
죽어서도 나라를 지킨다는
투철한 애국정신으로
감포 앞바다의 수호신으로
지금도 묵묵히
지키고 있다

노을

- 제주도 여행에서

제주의 해 질 녘 저녁 바다

무지갯빛 노을에 잠겨

포구 위에 오징어 배 몇 척이

피곤함을 풀고 잠이 들었다

해안가 속 비운 검은 돌들은

묵묵히 바다를 지키며

물결도 바람도

잠을 재운다

보슬비

보슬비 이슬비

내리는 이른 아침에

잠에서 깨어난 꽃들이

하품하며 입 벌려

한 방울 두 방울 받아먹고

작은 손 벌려

손 씻고 세수하고

말끔해진 얼굴들이

예쁜 얼굴로

까웃 까웃

말 없는 내 친구

언제나 내 곁에 어디든지
따라다니는 내 친구
네 이름은 그림자
차표 따로 사지 않아도
바쁠 때도 쉴 때도
언제나
내 곁에 가까이 따라다니는
말 없는 내 친구
네 이름은 그림자

어느 봄날에

산마다 산 벚꽃
하얗게 핀 어느 봄날
장흥 긴 골짜기 벚꽃 마을
올라 가다 가다
큰 벚꽃 나무 밑에 앉아 쉬노라니
가는 실바람에도
나비인 듯 눈인 듯
나부끼는 아름다운 꽃잎
나비라 할까
눈이라 할까
꽃이라 할까

내 이름

나 어렸을 때
내 이름은 희자라고 불렸다
그런데 결혼 후에는
호적에 박효빈이란 이름으로
쓰게 되었다
주민등록에도 박효빈
박효빈만 쓰다 보니
어릴 적 이름을 생각해 보면
친구의 이름을 불러보는 것만
같아 참 우습다

낚시

낚시터 둑에 낚시꾼 아저씨들

낚싯줄 드리우고

고기들 오기만 기다리고

호수 잔잔한 저편

유유히 떠 있는 배 한 척

오는 세월 기다림인가

가는 세월 잡으려는 것인가

석양의 서늘 바람 불어와도

가는 세월 말이 없네

파랑새

아침이슬 송알송알

햇빛이 반짝반짝

푸른 꿈 푸른 마음

파랑새 나래 위에 실어

푸른 하늘 멀리멀리

날아본다

시계

똑딱똑딱

밤이나 낮이나

똑딱똑딱

네 몸이 부서질 때까지

똑딱똑딱

시간이 빨리 간다 늦게 간다

사람들의 원망도 탓도

다 끌어안고

날마다 가는 길

긴 여행길

끝도 없는 둥근 길

가족사진

정답게 옹기종기
우리 가족 모두 모인
채송화 꽃밭 같은 가족사진
보고 또 봐도
우리 가족 모두 모두
사랑으로 하나 된
채송화 꽃밭 같은
가족사진

고향의 맛

고향의 언니 동생

만나고 돌아올 땐

시골 농산물

쌀이며 고춧가루, 마늘, 풋고추 싸주어

집에 와 밥하고 반찬 만들어 먹으니

백 리 길 멀다 하지만

여기가 고향인 듯

고향의 맛이 듬뿍

정이 듬뿍

계절

창문을 활짝 열어

산들바람 붙잡아

옆자리 앉히고

찻잔에 달빛을 담아

국화향 가득 담아 마시노라면

담 밑에 귀뚜라미

청아한 노래에

한여름 더위도

뒷걸음 하네

선생님

왠지 오늘은 무척이나
선생님 생각이 난다
맑은 하늘에
선생님 얼굴 그려보며
선생님 하고 불러 본다
지나는 바람결에
인자한 목소리 들려오는 듯
선생님 얼굴이 보일 듯
왠지 오늘은
선생님이 손잡아 줄 것만 같은
생각에 잠겨본다

장흥 야경

장흥의 야경은 별천지
하늘나라 별나라인 듯
이쪽을 보아도
저쪽을 보아도
온통 반짝반짝
장흥 긴 호수엔
이중 삼중 불빛이
위로 아래로 반사되어
화려하기 비할 데 없구나

아침 고요

아침 고요 잣나무 숲 속

큰 잣나무

두 팔 벌려 손에 손잡고

그늘 만들었고

돗자리 깔고 누워 하늘 쳐다보니

솔잎 사이 푸른 하늘 흰 구름 흐르고

계곡 사이로 흐르는

물소리 바람 소리

시가 따로 없구나

작은 행복

길가에 벼룩풀로

태어난 아주 작은 꽃

햇빛이 달빛이 실바람이

날마다 날마다

따뜻한 사랑을 주었네

작은 꽃을 피우기 위한 준비로

날마다

행복했노라고

잔잔한 꽃향기

실바람 타고 퍼져 가네

노랑머리

어이타가 모두가
노랑머리 되었는가
몇 날이 안 가서
도로 검은 머리 솟아나건만
예부터 조상님들
검은 머리였거늘
어이타가 잊었는고
노랑머리 한다고
이민 간다고
미국사람 되는 것인가
무궁화꽃 미국에 심는다고
장미꽃 피는 것일까
이보소 젊은이들
어이타가 나를 잊었는고
나를 알고 부모를 알아보소

모밀꽃 필 무렵 (1)

모밀꽃 구경 간 어느 날

알프스 산 골짜기 한참 올라가면

모밀꽃 하얗게 은하수 물결 이루고

하이디네 집 언덕

노송 솔잎 사이 스며드는 달빛 아래

모닥불 옆에 둘러앉아

옛날 시골집 마당

모닥불에 고구마 구워 먹던 이야기

흘러간 추억 이야기들

고구마 맛 같이 달콤한 이야기들

연기 타고 하늘에

그림을 그리며 간다

허수아비

새들의 교통정리 아저씨

허수아비 아저씨

널따란 밀짚모자 푹 내려쓰고

누구인지 알 수 없는

비밀의 주인공

풍년들어 좋아라

두 팔 벌려 춤추며

날마다 꼼짝달싹 할 새 없이

교통정리 바쁘다네

사랑의 향기

사랑의 향기 가득한
가정이란 샘터에
사랑의 샘이 넘치는
행복을 만들어가요

사랑의 향기 가득한
신뢰와 존중으로
평화로운 우리 가정
만들어가요

무지개

가랑비 지나고 난 뒤
무지개가 떴다
오색 빛 고운 무지개다리
잡힐 듯 먼 무지개 다리
하늘나라 선녀들이
고운 옷 입고
잠시 놀다간 흔적일 게다
동화 나라 속 이야기 같은
아름다운 그림일 게다

꽃

꽃이 좋아 꽃을 심고

꽃이 좋아 아침 일찍부터 물 주고

꽃이 좋아 예쁜 꽃 필 때를 기다리네

꽃 향이 좋아 뒷마당 담 밑에

가득 심어 놓고

봄부터 가을까지 피는 꽃들

향기 가득 채워놓고

날마다 마시고 취하고

꽃이 좋아 꽃 향이 좋아

꽃과 함께 사노라네

초생달

초생달은
예쁜 미인의 눈썹 같은 달
아무도 모르게
손 내밀어 따 보고픈 달
얄궂게도 손에 닿지 않는
먼 곳으로 먼 곳으로
자꾸자꾸 멀어져만 가네

연못

고요히 잠든 연못
달빛이 별빛이 내려와
밤새 놀다 간 뒤에
날아가던 새들이 구름이
끼웃 엿보며 머물 때면
지나는 실바람이
버들가지 흔들어 춤추고
잠에서 깨어난 개구리들
모여들어 첨벙첨벙
놀라 깬 물고기들
눈 똥그레 왔다 갔다

공기놀이

마당 가에서 주운
예쁜 공깃돌 다섯 개
손바닥에 쏙 들어가는
예쁜 공깃돌 다섯 개
친구들 모여 앉아 공기놀이
해 가는 줄 모른다
욕심껏 다섯 개
손 등에 얹혀 꺾다가
한두 알은 놓쳐버린다
모두들 욕심대로
올리고 다시 하고
해 가는 줄 모른다

갈대

산기슭에 갈대들이 모여 서서
술렁이며 산새를 불러모아
노래를 한다
갈대는 춤을 춘다
지나는 구름은 멈춰 구경을 한다
바람은 박수를 친다
산새들이 노래를 한다
갈대들이 춤을 춘다

밤하늘

넓고 넓은 밤하늘
밝고 밝은 밤하늘
그 누가 빈 하늘이라 말했던가
구슬을 쏟아부은 듯
밝은 달빛 속에 반짝반짝
보석이 가득한 하늘나라
이 마음 별 속에 묻혀 꿈길 속에
하늘나라 별나라 여행을 떠난다

대나무

푸른 하늘 향해

곧게만 크는 대나무

푸른 마음

곧은 마음

너를 닮아 살려 했건만

정년을 넘어 덤으로 사는 나이

육신이 굽어짐은

어찌할 수 없구나

가을

풍년을 약속하는
만추의 가을 들녘
벼들이 익어 황금물결
과일들이 주렁주렁
익어가는 향기 그윽하고
산야의 기슭엔
백발의 갈대가 기품있게
자리를 지키고 있다

꽃이 피는 소리

꽃이 피는 소리를 들어 보려

가만히 귀 대고 들어봅니다

볼 수도 없고

들을 수도 없는

꽃들만의 비밀이에요

아무도 모르게 모르게

살포시 피우는 꽃들의

신비로운 비밀이에요

들국화 필 무렵

노오란 들국화
향기 은은하고
산야의 갈대들 모여 서서
손짓하며
뉘 부르는 소리
맑은 하늘에
기러기떼 끼룩끼룩
그림을 그리며 간다

봉숭아

한여름 더위 속에
담 밑에 피고 지는
빠알간 봉숭아꽃
백반 넣고 곱게 찧어
친구하고 나하고
새끼손가락
무명지 돌을 선택해서
한 번 두 번 세 번
아주 빠알갛게 물들여
여름 가고 가을 가고
첫눈이 올 때까지
더 오래오래 가길
기다려진다

어느 가을날

산마다 단풍이 물든

어느 가을날

광릉 수목원 호수 안엔

푸른 하늘이 담기고

빨강 노랑 고운 단풍

산자락이 담기고

호수 둑 다리 난간엔

사람들이 그대로

호수 안에 비치어

또 다른 풍경으로 비쳐온다

단풍잎 한 잎 두 잎 떨어지는 소리

바스락바스락 발밑에 밟히는 소리

날마다 떨어져 쌓이고 쌓이면

빨강 노랑 예쁜 단풍잎 이불 덮고

무지갯빛 고운 꿈을 꾸며

나무들은 잠을 잔다

나비 손님

화분 따라 방 안에

찾아든 나비 손님

이건 또 웬일인가요

하나 둘 셋 넷 다섯 마리

방 안인들 어떠하리

밖은 어떠하리

밖은 추우니

여기서 겨울 동안 묵고

나와 벗하여 함께 지냄이 어떠할꼬

노오란 개나리 따스한 입김이

퍼지는 봄이 오거든 가시구려

노오란 은행잎

하늘 높고

별빛도

달빛도 밝은 밤

국화 향기 속에 귀뚤이 잠자고

은행잎 노랗게 물들어

한잎 두잎 떨어져

또 한 계절이 지난다

가는 세월 아쉬워

노란 은행잎 몇 개 주워

책갈피에 넣어

가을을 간직한다

좋은 날

먼 곳에서 벗이 찾아왔기에

서둘러 이를 반겨

맛있는 메뉴로 부침개 부쳐놓고

먹고 마시니 이 어찌

아니 좋을꼬

알약

알약 몇 알에 물 한 컵

물 한 컵은 다 먹었는데

알약은 아직도 남았다

이를 어찌한다

또 물 한 컵

물 먹고 약 먹고 물 먹고 하다 보니

먹기는 다 먹었지만

이거야 참 별일이라

친구가 된 달

언덕 위에 밤나무

빈 나뭇가지 새로

지나는 바람 소리 싸늘한데

둥근 달은 가지 위에 걸렸네

방 안이 궁금해

문틈으로 엿보기만 하던

저 달을

긴- 장대로 따다가

우리 집 방 안에 달아놓고

달아 달아 밝은 달아 둥근 달아

오늘도 내일도

가까이 가까이 아주 가까이

친구 되어 놀자꾸나

목련꽃

길가에 떨어진
나뭇가지 하나 주워
방안에 꽂아 두었더니
어느 날 붉은 목련꽃
몇 송이가 소리 없이 피었네
아직도 문밖엔 찬바람 소리
언제 잠을 잘꼬

창경궁

오백 년 도읍지 창경궁

주인 없는 빈 궁궐은 말이 없고

오랜 풍파 겪어온 솔나무

늙어 늙어 노송 되어

간간이 솔잎 사이 지나는

솔바람 소리 가슴 쓰리다

단풍잎 곱게 물들어

호수에 담겨 아름다운

그림으로 비쳐 와도

그저 쓸쓸한 마음

비길 데 없구나

예전엔

예전엔 예전엔

미처 몰랐어요

호랑이 옛이야기

들려 주시던 할머니에겐

별을 세던 어린 시절은

없었을 것이라고 생각했었죠

별이 지고 해가 뜨고

수많은 날들이 지나고 난 뒤

할머니 이름이 되어진 것을

예전엔 예전엔

미처 몰랐어요

고향 생각

나 어릴 때 뛰놀던
고향 집 뒷동산 앞 개울
즐겁기만 했던 옛고향
이 봄도 고향엔
뻐꾸기, 꾀꼬리 울겠지
논, 밭두렁에
찔레꽃, 조팝꽃도
곱게 피어 있겠지

나이를 없애고 싶을 때

엄마 아빠 언제까지
함께 할 수 없다는 것은
나이 때문일 게다
나이를 없애버리고
색동옷 입고
설날의 기쁨으로 살고픈 마음
그림 같은 예쁜 집을 지어놓고
옛날 같이 엄마 아빠 함께
천년만년 살고 지고
살고 지고

자투리 시간

옛날 옛날부터

오늘도 내일도 변함없이

별이 지고 해가 뜨고

똑같이 주어진 시간

이대로야 보낼소냐

옆자리 책 몇 권 놓아두고

자투리 시간

차 한 잔 책 한 줄

가는 시간 탓을 한들

무엇하리

아가의 웃음

꽃같이 예쁜 아가
꽃 마음 닮아
예쁜 마음 꽃 마음
누구에게든 기쁨 주는
아가의 마음은 꽃 마음
아가의 웃음은 꽃향기

엄마 생각

엄마가 보고플 땐
엄마 얼굴 그려보고

엄마가 생각날 땐
엄마가 해주었던
맛있는 거 만들어 먹어보고

엄마가 그리울 땐
꿈속에 엄마 찾아
엄마 앞에서 짝짝꿍
아빠 앞에서 짝짝꿍
도리도리 짝짝꿍
우리 엄마가 웃는다
우리 아빠가 웃는다
노래 불러 봅니다

젊어지는 선물

누구든지 우리 집에
놀러 오세요
예쁜 꽃 가득히 심어 놓고
기다릴게요
발길을 잠시 멈추고
꽃구경도 꽃향기도
많이 많이 마셔보세요
십 년 젊어지는 선물로
드립니다

피서 (1)

계곡 깊은 곳

사방을 둘러 보아도

푸르름뿐이요

들리느니 물소리뿐

세상 짐 다 내려놓고

하늘 쳐다보니

마음에 찌든 때도

말끔히 씻기워

안개구름 속에 쌓여

신선이 된 듯하다

어버이날에

라일락꽃 향기에
어머니 마음 어린 오월
어머니!
그 이름은
이 세상 모든 어머니들의
위대한 이름입니다
엄마!
그 이름은
이 세상 모든 사람들이
제일 먼저 불러온
다정한 이름입니다
어머니!
그 이름은
끝없는 하늘 같은
사랑입니다

어머니! 그 이름은
오월의 햇살 같은
따스한 온정입니다
어머니!
그 이름은
이 세상 모든 사람들이
수없이 부르다 갈 위대한
이름입니다
어머니!
어머니!

산책길

오솔길 산책길

솔나무 가지 새로

멧새 한 쌍

포롱포롱 숨바꼭질 한다

골짜기 산 샘물

끊임없이 조잘조잘

내려오다 뒤돌아 보면

저들만이 아는 이야기

산새들 비 비 비-

산 샘물은 조잘조잘

꽃들은 향기로 말한다

접동새

앞산에 접동새

밤새워 접동접동

내 너를 만날 수 없으니

위로할 길 없구나

하얀 종이에 몇 자 적어

종이비행기 접어 날리니

답장은 안 해도 좋다

지금은 세월이 좋아져

모두 다 잘살고 있으니

설운 사정일랑 다 풀어버리고

잠 좀 자려무나

네 밤새워 울면

여린 내 마음에

눈물 고인다

갈대 할아버지

찬 서리 서늘바람에
떨고 있는 애기 들국화들
양지 언덕에 앉혀놓고
백발의 갈대 할아버지
숱한 세월에 흘러간
옛이야기 들려 주신다

인생극장

이 세상은 연극 무대

나면서부터 누구나 연극배우

길고 짧은 인생살이

아역으로부터 노역까지

기쁨도 슬픔도 웃고 우는

인생살이

길도 모르고 때도 모르고

하늘이 부를 때까지

보아주는 사람 없어도

제 홀로 연극배우

우리 집 (1)

숲 속의 뾰족한 집

예쁜 우리 집을 날마다 그려본다

출입길은 개나리 꽃길 만들고

집 뒤엔 솔숲을 만들고

한쪽 작은 텃밭엔

옥수수, 파, 배추, 고추 심고

마당 옆에는

호두나무, 은행나무 숲 만들고

그 밑으론 정자각을 지어 놓고

앞으론 산 샘물 모아

작은 연못 만들고

연못 안엔 시원한 창포 심고

둘레에는 철쭉과 단풍 심어

예쁜 그림으로 연못에 담고

푸른 하늘, 달과 별도 연못에 담아

시원하고 예쁜 피서지 같은

우리 집에 많이 많이 놀러 오세요

우리 집 (2)

지금 살고 있는 우리 집은

빠알간 벽돌집

도심 속의 전원주택이다

옆으로는 사무실 세주고

앞으로는 작은 슈퍼가게 하고

뒤로는 뒷마당에는

앵두, 자두, 살구, 대추나무

봄부터 꽃이 가득 과일이 풍성

담에는 라일락 꽃향기 가득

담 밑으론 채마밭이 한 이랑

꽃도 채소도 가득가득

이웃에 나눔에 정도 풍성

고향에서 온 편지

누나 떠난 이 봄도
누나가 좋아하던
개나리 진달래가
활짝 피었다더라구요
솔가지 꺾어 미끄럼 타면
잔디 언덕에 올라
목이 터져라 불러 본 누나!
붉은 노을 서쪽 하늘에
메아리 되어 돌아왔다구요

만남

일 년에 딱 한 번

견우직녀 오작교에서 만난다지요

우리의 만남은

무지개빛 흘러간 세월들 엮어서

무지개 다리 놓아

천사들 왕래하는 그곳에서

선녀의 고운 날개옷 입고

멀고 먼 하늘나라

아름다운 이야기 들으며

아름다운 이 세상 구경해요

다음 세상에선

멀고 먼 하늘나라

아름다운 그곳에서

우리 함께 할 것을

약속하면서요

먼 훗날에

인생이란 특권으로

인생 열차를 타고

날마다 가는 길

기쁨도 슬픔도

선악 간의 모든 일들

한 세월 다하여

하늘과 땅이 맞닿은

종착역에 이르러

천국 여행 가는 길

머-언 먼 훗날

다시 만날 때까지

모두 모두 안녕- 안녕-

기쁨으로 약속하리

사랑하는 자녀들아

푸른 하늘 향해 곧게만 크는

대나무 같이

착하게 바르게 자라준

오 남매 너희들이 있기에

나는

항상 기쁘고

항상 감사하고

항상 부유하다.

너희도 훗날 어른이 되어

자녀들을

그렇게 착하고 바르게

잘 키워줄 것을 엄마는 믿는다.

2017년 3월

박 호 빈